VENTE

du Jeudi 13 Décembre 1900

HOTEL DROUOT, salle n° 8

à 2 heures

ESTAMPES

ET

DESSINS

anciens et modernes

Mᵉ Maurice DELESTRE, Commissaire-Priseur
5, Rue St-Georges

M. Loys DELTEIL, artiste-graveur, expert
67, Rue Ste-Anne

VENTE

du Jeudi 13 Décembre 1900

HOTEL DROUOT, salle nº 8

à 2 heures

ESTAMPES

ET

DESSINS

anciens et modernes

Mᵉ Maurice **DELESTRE**, Commissaire-Priseur
5, Rue St-Georges

M. Loys **DELTEIL**, artiste-graveur, expert
67, Rue Ste-Anne

CONDITIONS DE LA VENTE

Elle sera faite au comptant.

Les acquéreurs paieront *cinq pour cent* en sus des adjudications.

M. Loys Delteil, remplira les commissions que voudront bien lui confier les personnes ne pouvant y assister.

MM. les amateurs pourront visiter la collection 67, *Rue Ste-Anne, les 10, 11 et 12 Décembre de 10 h. à 4 heures.*

ORDRE DE LA VACATION

N^{os}   1 à 62
— 140 à 174
— 63 à 139
— 175 à la fin

DÉSIGNATION

ESTAMPES

Adresses

1 — **COUDRAY**, Orfèvre Joailler, rue du Roule, par P.P. Choffard..? — **SERGENT**, *Me Imprimeur en Taille-douce.... Rue St Jacques.* Deux p. In-8. B. ép.

Alix (P.M.)

2 — Viala (Agricol), d'après Sablet. In-4. B. ép. imp. en couleurs, mouillures.

2bis — Préville (Dubus de). In-4. B. ép. imp. en couleurs.

Avril (J.J.)

3 — Patriotisme Français, d'après P. A. Wille fils. In-fol. Tr. b. ép. avant t. l. m.

Bartolozzi (F.)

4 — *A St Giles's Beauty,* d'après Benwell. Ovale in-4. Tr. b. ép. imp. en bistre, avec filet de marge.

5 — Damon et Musidora, d'ap. Ang. Kauffman, 1782. Ovale in-4. B. ép. imp. en couleurs, m.

6 — Kauffman (Angélica), d'apr. Joshua Reynolds 1780. Ovale in-fol. Tr. b. ép. à gr. m.

6bis — *Tragic Muse,* d'apr. Cipriani. Ovale in-8. Tr. b. ép. imp. en sanguine, gr. m.

Bigg (d'après W.R.)

7 — *The Soldiers Widow : or. School Boy's Collection,* par R. Dunkarton. Gr. in-fol. Sup. ép. imp. en couleurs, gr. m.

Boilly (d'après L.)

7 bis — L'Amant Poëte, par J.P. Levilly. In-fol. Sup. ép. à t.
m.

Bonnet (L.M.)

8 — La Coquette — La Vestale. Deux p. in-4 d'ap. Challe.
B. ép. imp. en couleurs.

Borel (d'après A.)

9 — Le Voila fait, par P. Huot. In-fol. B. ép.

Boucher (d'après F.)

10 — Les Amours pastorales — Les Confidences pastorales
— La Toilette pastorale. Suite de 4 p. in-4 par Cl. Duflos
Tr. b. ép. m.

Boucher et Van Loo (d'après)

11 — L'Enlèvement d'Europe — La Marche de Silène. Deux
p. in-fol. par Cl. Duflos ? B. et rares ép. à l'eau-forte pure.

Bracquemond (Félix)

12 — Gauthier (Théophile). (H.B. 49, 4e état) Tr. b. ép. sur
chine.

Callot (Jacques)

13 — Le Jeu de boules ou la foire de Gondreville (M. 623).

14 — L'Éventail. Tr. b. ép. de la copie de Bonnart.

Ceroni (L.)

15 — Leckinska (Marie) — Chateauroux (Dsse de) — Sarrau
(Cl.) Trois p. Tr. b. ép. avt t. l., la 1re imp. en sanguine

Charlet (N.T.)

16 — Sujets militaires et de fantaisie. Treize p. B. ép.

Chauvel (Théophile)

17 — La Veillée, d'après J.F. Millet (Loys Delteil 105). Tr. b. du 2ᵉ état sur chine, gr. m.

Cochin fils (C.N.)

18 — Boissy (L. de). — Caylus (Cᵗᵉ de) — Chauvelin (H.P.) — Gras (Joachim) — La Place (P. de) — La Vallière (duc de) — Massé (J.B.) — Seguier (A.L.) — Turenne (Pᶜᵉ de) Neuf p. Tr. b. ép. m.

Cochin fils (d'après C.N.)

19 — *Solemnité Des Mariages célébrés... par la Ville de Paris, à la naissance du duc de Bourgogne, en 1751,* par J. Tardieu. Carte de la IVᵉ Prévôté. In-8. Tr. b. ép. rare.

20 — Cochin fils (C.N.) — Boucher (F.) — Roettiers — Cars (L.) — Saly (J.F.) — Pierre — Brenet (N.G.), etc. Quatorze p. par A. de Sᵗ-Aubin, Cars, N. Dupuis, J,F. Rousseau. B. ép.

21 — Bitaubé — Buchelay — Maleteste — Abbé Pommyer — Radix — Le Blond (G.) — de Quingey — Raynal, etc Onze p. par A. de Sᵗ-Aubin. B. èp.

22 — Vence (Cᵗᵉ de) — Voyer d'Argenson — Crébillon (P. Joliot de) — d'Alembert — Sarrau (J.) — Chevert, etc. douze p. par C.H. Watelet. Tr. b. ép.

23 — Abel (C.F.) — Caffin — Gosseaume — Canavas — Marco — Sejan — Villetaneuse — Laruette, etc. Onze petites pièces rondes par Sᵗ-Aubin, Miger et Mᵐᵉ Lingée B. ép.

24 — Prault (L.), typographe — Miromesnil (Mⁱˢ de) — Seroux d'Agincourt — La Condamine — La Live de Jully — Fréron — J.J. Rousseau, etc. Seize p. par Gaucher, La Live de Jully, Choffard, Cars, etc. B. ép.

Cosway (d'après R.)

25 — Mʳˢ Tickell, par John Condé, 1791. Petit in-fol. Tr. b. ép. en couleurs.

Cotes (d'après Francis)

26 — SKinner (Master), par J. Wilson, 1770. In-fol. Tr. b.
ép. m.

Coutellier (F.)

27 — Olivier (Mlle), de la Comédie Française. In-4. Tr. b.
ép. imp. en couleurs, m.

Delacroix (Eugène)

28 — Macbeth consultant les sorcières (A. M. 36). In-fol.
B. ép. imp. sur teinte.

29 — Tigre couché dans le désert — Le jeune Clifford
trouvant le corps de son Père — Rencontre de cavaliers
maures (transport sur pierre) — Marche forcée. Quatre
p. B. ép.

Demarteau (G.)

30 — Les Blanchisseuses, d'apr. F. Boucher. In-fol. Tr. b.
ép. av^t l. l. m.

Descourtis (C.M.)

31 — Scènes pastorales. Deux p. in-fol. av^t t. l., faisant
pendants. Tr. b. ép. impr. en couleurs, m.

Devéria (Achille)

32 — Grevedon (Henry) (H.B. 82). In-f. B. ép.

Divers

33 — Sujets gracieux et Costumes (Epoque Louis XVI), 2
pl. contenant 8 motifs — Adonis, par Godefroy —
Scène de genre, par Nilson — Enlèvement d'Amymone
par Wierix, d'ap. Durer — P^{ts} de Calvin — Marie-Louise
de France — Plan de Paris en 1705 — Château de Sceaux
— Plan d'un établissement de Tuerie — Tombeau
d'Alexandre Ier, de Russie. Onze p., une impr. en
couleurs.

34 — Mme de Maintenon, par P. Giffart — Vignettes rela-
tives à l'Amérique (2 pl.) — Modes — Caricatures, etc.
Trente-cinq p. par divers artistes.

35 — Le Portrait du Louvre, par Melchior de Vogué, illus-
trations du Cte de L'Aigle — Paris, Launette 1889, in-4,
non broché.

Dutertre

36 — Portraits des Généraux et Savants de l'Expédition
d'Egypte. Cent p., la plupart sur chine.

Eaux-fortes modernes

37 — *La Mer*, frontispice par F. Bracquemond, et série de
vingt-trois eaux-fortes d'ap. divers peintres, par Boilvin
Bracquemond, Lefort, etc. Très b. ép. sur japon, avec
remarques.

38 — la même suite, en même état.

École Anglaise (XVIIIe siècle)

39 — Un jeune Homme offrant des roses à une jeune Femme
Ovale in-4. Tr. b. ép. avant t. l. imp. en bistre, m.

Ecole Française

40 — L'Amant effrayé, par Phelipeau, d'apr. Caresme —
Les Stations du Mariage, 4 pl. — La Valeur récompensée,
par Janinet — Mlle Clairon, par Le Mire — Sujets gracieux, d'ap, Boucher, Greuze, Gravelot, etc. — Vingt-six
p. B. ép. plusieurs imp. en coul. ou coloriées. Ce n°
sera divisé.

Edelinck (Gérard)

41 — Le Brun (Ch.), d'ap. Largillière (R. D. 238). In-fol. Tr.
b. ép. m.

Picquet et Savart

42 — Saugrain — Vadé — Mignard — Crébillon — Boileau
— Christian VII, de Danemarck — le Tasse — Colbert,
Onze p. B. ép.

Firens (Pierre)

42bis — Le Couronnement du Roy Lovys trezième.... 17 octobre 1610. In-fol. Tr. ép. Tr.-Rare.

Forget

43 — Charles VII et Agnès Sorel, d'apr. Gailard. In-fol. B. ép. imp. en couleurs, avec rehauts d'or.

Fragonard et Touzé (d'après)

44 — Le Cocu battu et content — On ne s'avise jamais de tout — La Coupe enchantée, etc. Cinq p. in-4. Tr. b. ép.

Gérôme (J.L.)

45 — Le Fumeur égyptien (H.B.1). Tr. b. ép. sur japon.

Graff (d'après Ant.)

46 — Koch (Christ. Henriette), actrice, par J.F. Bause, 1770 In-4. Tr. b. ép. m.

Greuze (d'après J.B.)

47 — La Pleureuse, par J.J. Flipart. In-fol. Tr. b. ép. m.

Guttenberg (Charles)

48 — La Mort du général Wolf, d'après B. West. In-4. Tr. b. ép. m.

Guyot (L.)

49 — Offrande à Pan — Sacrifice à l'Amour. Deux petites pièces rondes, d'ap. Dutailly. Tr. b. ép. imp. en couleurs sur la même pl.

Hamilton (d'après H.D.)

50 — Cork (Anne, comtesse de), par James Watson, 1772. In-f. Tr. b. ép. à t. m.

Hamilton (d'après W.)

51 — *The Dancing Girl — The Piping Boy*. Deux p. ovales in-8, par Martin. B. ép. imp. en couleurs, m.

Harper (d'après T.)

52 — *The Miniature*, lith., par J. de Villeneuve. In-fol. Tr. b. ép. rare. Encadrée.

Janinet (J F.)

53 — Marie-Antoinette Reine de France. Tr. b. ép. imp. en couleurs, remmargée; le cadre, moderne, est tiré sur papier ancien.

Kauffman (d'après Angélica)

53bis — Sujet gracieux, par J. Hogg. 1786. In-fol. de forme ronde. Tr. b. ép. avᵗ l. l. gr. m.

Lancret (d'après N.)

54 — A Femme avare galant escroc, par De Larmessin (E. B.) In-fol. Tr. b. ép. gr, m.

Le Beau

55 — Condé (Pᶜᵉ de) — Biron (duc de) — Louis, dauphin de France — Dorat — Linguet — Terray — Maupeau, etc. Vingt-trois p. Tr. b. ép.

Legros (Alphonse)

56 — Procession dans les caveaux de S_t-Médard (P.M. et T. 48). In-fol. Tr. b. ép. gr. m.

57 — Le Cours de phrénologie. In-fol. Tr. b. ép. gr. m. Rare.

58 — *Esquisses à l'eau-forte par A. Legros*, frontispice (P.M. et T. 160). In-fol. Sup, ép. m.

Le Mire (Noël)

59 — Louis XVI, roi de France, d'apr. J.S. Duplessis. (J. Hédou 37). In-8. Tr. b. ép. avant l'inscription dans la marge.

Martin (Elias)

59bis — *The Tender Mother*, 1772. Petit in-fol. de forme ronde. Tr. b. ép. imp. en plusieurs tons. Rare.

Moncornet (B.)

60 — Personnages divers. Quarante-trois p. Tr. b. ép. une avant la lettre.

Morin (Jean)

61 — Henri IV, roi de France (R.D. 61). In-fol. Tr. b. ép.

Morland (d'après G.)

62 — *Domestic Happiness — Dressing for the Masquerade*. Deux p. in-fol. par Bartolotti, faisant pendants. Tr. b. ép. imp. en bistre.

62bis — Louisa, par A. Legrand. Deux p. in-fol. ovale B. ép.

Pater (d'après J.B.)

63 — Marche comique, par Ravenet. In-fol. Tr. b. ép. m.

Pièces historiques

64 — Fête et sal'e de Bal donné à Paris le 2 Juin 1771 à l'occasion du mariage du Cte de Provence, par Heussée. In-fol, B. ép. coloriée, t. m.

65 — L'Auguste et Magnifique Ceremonie du Sacre de Louis XV — Louis XV tenant son 1er Lit de Justice, 1723 Deux p. B. ép.

66 — Bénédiction Nuptiale à Louis dauphin de France et à Marie-Antoinette, (chez Basset) — *L'Auguste Cérémonie du Sacre de Louis XVI*, par Berthet. Deux p. in-fol. Tr. b. ép. gr. m.

67 — Translation à St-Denis des corps de Louis XVI et de Marie-Antoinette. In-fol. Tr. b. ép. col.

68 — A un Peuple libre, allégorie retative a Louis XVI, à Bailly et à La Fayette, par Dambrun, d'apr. Moreau le jeune, avant la lettre — La France acceuillant Bonaparte motif d'éventail. Deux p.

69 — Inauguration du buste de Marat en 1793, place de la Réunion à Paris. In-fol. Tr. b. ép. à t. m. (le nom de l'artiste a été gratté).

69bis — Costumes : Napoléon 1er en grand Habit de Couronnement — Joséphine — Louis Bonaparte — Membres du Directoire — Réception de Pie VI le jour du Couronnement de Napoleon 1er, etc. Vingt. p. publ. par Basset et Jean. Tr. ép. coloriées.

Portraits

70 — **ROIS DE FRANCE** : Louis XIII — Louis XIV. Dix-huit p. par W. Kilian, Moncornet, Landry, Meyssens, Simoneau, etc. B. ép.

71 — Louis XV — Famille royale de France. viugt-huit p. par Larmessin, Daullé, Scotin, Beauvarlet, etc. B. ép.

72 — Louis XVI — Marie-Antoinette. Vingt-deux p. par Le Mire, Le Beau, Mlle Savart, Dupin, Gaucher, etc. B. ép. plusieurs rares.

73 — **ROIS DE FRANCE** et **FAMILLE ROYALE** : Henri IV — Louis XIII — Le Régent — Bourgogne (Louis, duc de) — Louis de St Jehan — Anne d'Autriche. Quinze p. par J. Briot, Chereau, Thomassin et anonymes. Tr. b. ép.

74 — Louis XV — Marie-Hélène de France — Louis XI, Dauphin-Conty (P^{ce} et P^{sse} de) — Artois (Cte d') Onze p. par Daullé, François, Vangelisti, Littret, Le Beau. Tr. b. ép.

75 — Louis XVIII — Charles X — Angoulême (duc et d^{sse} d'), etc. Trente p, par divers artistes, plusieurs av^t l. l. Tr. b. ép.

76 — Berry (Duc et d^{sse} de) — Chambord (Cte de). Quinze p. plusieurs avant l. l. imp. en couleurs ou coloriées. Tr. b. ep.

77 — Napoléon 1er — duc de Reichstadt — Jérôme et Joseph Napoléon. Dix-sept p. par Massard, Herhan, Mauduit, Augrand, etc. B. ép.

78 — Napoléon Ier — Joséphine — Reichstadt (duc de) — Beauharnais (Eug.). Vingt p. B. ép.

79 — Napoléon III — L'Impératrice Eugénie. Vingt-cinq p. Tr. b. ép. plusieurs rares.

80 — **ARMÉE** : Jean-Bart — Gal Foy — Drouot — Lelièvre — Mouton-Duvernet — Cte de Beaumez — Gourgaud, etc. Dix-sept p. B. ép.

81 — **ARTISTES ANCIENS** : Blanchard (J.) — Buonarotti (M.A.) — Hutin (C.) — Massé (J.B.) — Palladio — Pollione (V.) — Poussin — Robert (Hubert) — Rubens — Serlio — Stoepfel (J.) — Vignole — Watteau. Treize p. par Edelinck, A. Didier, Hutin, Cochin fils, Bernardi, J. Popels Tr. b. ép.

82 — **ARTISTES MODERNES** : Baltard — Balzac (L.C.) — Bergeret (P.N.) — Brascassat — Courtry — David (Louis) — Delaroche (P.) — Fontaine — Gatteaux — Girard (F.) — Gros — Ingres — Redouté — Robert-Fleury — Schnetz — Sigalon — Vernet (H.), etc. Trente-deux p. par J. Boilly, Dien, Potrelle, Levasseur, etc. la plupart av^t l. l. sur chine.

83 — **CLERGÉ** : Albani — Baillet (Adr.) — Blovet de Camilly — Bourdoise — Fauvel — Fenelon — Habert — J. Jubé, curé d'Asnières — Le Camus (Et.) — Mabillon — Nieuport — Ossat (d'), etc. Dix-neuf p. par Audran, Roullet, Thomassin et autres. B. ép.

84 — **CLERGÉ** : Pollart (N.) — Maillard de Tournon — Le Gros (N.) — La Vieuville (C.F. de) — Beaumont — Beauteville (de), etc. Vingt p. par Tardieu, Audran, Crepy R. Collin et autres. B. ép.

85 — **CLERGÉ** : Segur (J.C. de) — Soanen (J.) — Eveillon (J.) — Placide de Ste Hélène (R.P.) — Loisel (P.) — Le Ragois de Bretonvillers, etc. Dix-sept p. par Barbery, Tardieu, Picart, Langlois et autres. B. ép.

86 — **CLERGÉ** : Berulle (C^{al} de) — Malebranche — Camus — Sponde (H. de) — Pinel (J.) — Soanen (J.), etc. Quarante-huit p. des XVIIe et XVIIIe siècles. B. ép.

87 — **ÉCRIVAINS DU XVIIe SIÈCLE** : La Fontaine — La Bruyère — Le Sage — P. Corneille — Scarron — Racine — Descartes — Fenelon — Boileau — Molière — Montaigne vingt p. par Desrochers, B. Picart, Daullé, etc. B. ép.

88 — **ÉCRIVAINS DU XVIIIe SIÈCLE** : Voltaire — Rousseau (J.J.) — Piron — Fréron — Dorat — Diderot, etc. Vingt-cinq p. par St-Aubin, Gaucher, Cathelin et autres. B. ép. plusieurs av^t l. l.

89 — **ÉCRIVAINS DU XIXe SIÉCLE** : Balzac — Hugo — A. Dumas père — Eug. Sue — Janin — Souvestre — George Sand etc. Quarante p. B. ép.

90 — **GRAVEURS** : Anderloni (J.B.) — Basan — Bella (E. de La) — Callot (J.) — Cars (L.) — Chereau (F.) — Courtry — Duchange — Falbe — Glume — Longhi (j.) — Mavelot (C.) — Morghen (R.) — Nanteuil (R.) — Verkolie (N) Dix-sept p. par R. Custos, St-Aubin, Pitau, Schiavoni, etc. B. ép.

91 — **HOMMES D'ÉTAT** : Aligre (Fr.d') — Necker — Malesherbes — Thou (de) — Maupeou — Miromesnil — Lamoignon — Helyot — d'Aguesseau. Dix-huit p. par N. Bazin, Daullé, Hubert, Saint-Aubin, etc. B. ép.

92 — **HOMMES DE GUERRE** : Schomberg — Latour-d'Auvergne — Moreau — Desaix — Foy — Léop. Hugo, etc. Trente p. B. ép.

93 — **MÉDECINS** : Corvisart — Doublet (F.) — Dubois (A.) — Falconet (C.) — Morand (S.F.) — Moreau (René) — Moreau (J.Nic.) — Millot (J.A.) — Petit (Ant.) — Zuinger (Th.). Dix p. par Moitte, St-Aubin, M. Lasne, Macret, etc. B. ép.

94 — **MUSICIENS** ; Blanchard (E.J.A.) — Gauzargues (C.) — Gluck — Imbert — Lavigne — Lulli (J.) — Monet — Perignon (H.J.) — Pestalozzi. Onze p. par St-Aubin, Forssell, Audouin, Prud'hon fils. B. ép. m.

95 — **POETES & ÉCRIVAINS** ; Corneille (Th.) — Voltaire — J.B. Rousseau — Marmontel — La Harpe — Racine — Santeul (J.B. de) — Lamartine. etc. Vingt-trois p. par Thomassin, Carmonte.le, Le Mire, Schmidt et autres. B. ép.

95bis — **THÉATRE** : Duthé (Melle) — Préville — C. Bertinazzi. — Favart — Larochelle — Sarah Bernhardt, etc. Onze p. par Le Beau, G. Benoist, Littret, etc. B. ép.

96 — **XVIe SIÉCLE** : Mergilet (A.) — Audebert (N.) — Chalvet (M. de) — Argentré (B. d') — Barclay (J.) — Lalain (J.de) — Budé (Abel) — Guaultier (P.) — Henri III — Aquaviva (Cl.). Douze p. par Th. de Leu, Wierix, Granthomme, de Gheyn etc. B. ép.

97 — **XVIIe SIÉCLE** : Besse (P.) — Puteanus (P.) — Le Nain de
Tillemont — La Fontaine — Larcher (Mich.) — La Chaise
(le R.P.) — Fléchier — Mascaron — La Bruyère —
Molière — Descartes. etc. Vingt p. par Nanteuil, Edelinck
Audran, Drevet, Landry, etc. B. ép.

98 — **XVIIIe SIÉCLE** : La Vrillére (duc de) — Gail (J.B.) —
Reigny (Abel de) — Cagliostro — Gillet (L.) — Mercœur
(duc de) — Déon de Beaumont — Mercier (L S.) —
Merard de St Just — Crozat (l'abbé) — Tavernier, etc.
Vingt-quatre p. par Simoneau, Mariette, Cardon, etc.
B. ép.

99 — **FEMMES** : Souveraines : Marie de Médicis — Anne
d'Autriche — Leczinska (Marie) — Marie-Thérèse —
Josépbine, Impératrice — Marie-Thérèse, de Hongrie —
Anne Iwanowna — Marie-Thérèse-Charlotte, etc. Quatorze p. par Moncornet, Wolfgang, Petit. P. Fontana,
etc. B. ép.

100 — **FEMMES** : La Tour (Mme de) — Epinay (Mme d') —
Crozat (Mlle) — Lamballe (P^{sse} de) — Bocage (Mme du).
Vingt-six p. par A. Tardieu, Schuppen, Picart, Duflos,
etc. C. ép.

101 — **FEMMES** : Portraits anciens et modernes. Vingt-sept p.
anc. et mod. par divers artistes. B. ép. plusieurs av^t l.l.

102 — **ANGLETERRE** : Fœ (Daniel de) — Fox (James) — Grant
(Ch.) — Locke — Newton — Pope. Dix p. par Condé,
Reading, Duflos, Wille, Le Beau. B. ép.

103 — **ETRANGERS** : Charles-Quin — Victor-Amédée, roi de
Sardaigne — Frédéric-Guillaume de Prusse — Rockox
(N.) — Stuart (P^{ce} Henry-Benoit) — Cock (Emm. M. de)
— O'Conor (Ch.), etc. Dix p. par Vorsterman, Notalis.
A. Cardon, Tardieu, etc. B. ép.

104 — **ETRANGERS** : Marie-Thérèse d'Autriche — Ferdinand
IV — Charles-Louis: archiduc d'Autriche — Frédéric-
Guillaume II — Gal Elliot, Neuf p. par J. G. Mansfeld,
Fridrich, Mechel, A. Cardon, Testolini, etc. Tr. b. ép.
une av^t l. l.

105 — **ETRANGERS** : Spinola — B. Spranger — Alfieri (V.) —
Ferdinand VII. roi d'Espagne — Gessner — Gonzague
(Ch. de) — Gustave III, roi de Suède — Fred. Henri, P^{ce}
de Prusse. Seize p. par Hondius, R. Morghen, C. Guérin.
J. E. Mansfeld etc. B. ép.

106 — Personnages divers du XVIIe siècle. Quarante-huit p. par Lochon, Rousselet, Lubin, Gantrel, Landry et autres, B. ép. Ce n⁰ pourra être divisé.

107 — Personnages divers du XVIIIe siècle. Trente-cinq p. par Saint-Aubin, Le Beau, Miger, Lempereur, etc. B. ép. Ce n⁰ pourra être divisé.

108 — Bossuet en pied, par P. Drevet — Breteuil (le B^{on} de), par Cathelin — Molé, par St-Aubin — Anonyme. Quatre p. in-fpl. B. ép. trois avant l. l.

109 — Boiseon (Catherine de) — Thevenot, voyageur, par Et. Picart, rare — Maugis (Cl.) — Hameau (And.) — Mesnager (N.) av^t l. l. — Este (René S^t) — Coislin (P. A. de), etc. Dix p. par Et. Picart, G. Huret, Landry, L. Vorsterman, etc. B. ép.

Prud' hon (d'après P. P.)

110 — La Vengence de Cérès —'Le Cruel rit des pleurs qu'il fait verser — L'Amour réduit à la Raison. Trois p. in-fol. par Copia. B. ép. la 1re av^t l. l.

Ramsay (d'après A.)

111 — Lennox (Lady George), par J. Mac Ardell. In-fol. Sup. épr. à t. m.

Redon (Odillon)

112 — Serpent-Auréole — La Sainte et le Chardon — Le Sagitaire. Trois lith. in-f. Sup. ép., chine. Rares.

Reynolds (d'après Sir Joshua)

113 — Portrait de Reynolds. Trois p. par J. Condé, Pariset et Ridley. B. ép.

114 — Montagu (Lady Elizabeth), duchesse de Cardigan, par J. Mac Ardell, 1756. In-fol. Tr. b. ép.

Rosa (d'après Salvator)

115 — Cahier de Diverses Figures militaires, Paris F. de Poilly, in-8. cinquante-quatre pl. en recueil. B. ép.

Rowlandson (Th.)

116 — *Dressing for a Masquerade*, 1790. In-fol. Tr. b.
ép. coloriée. Rare.

116bis — *Studious Glutons*, par S. Alken, 1792. In-fol.
Tr. b. ép. coloriée, m.

Saint-Aubin (Aug. de)

117 — Amelot (J. A.) — Linguet, 2 p[ts] diff. — de Belloy —
Charles XII — Gal de Bernis, etc. Quatorze p. B. ép.
une av[t]. l. l.

Saint-Aubin (d'après Aug. de)

118 — La Tendresse maternelle, par Phelypeaux et Moret
(E. B. 415). In-4. Tr. b. ép. du 1er état, av[t] t. l. imp. en
couleurs, m.

Schall (d'après Fréd.)

119 — Les Désirs de l'Amour, par Aug. Le Grand. In-fol.
Tr. b. ép. imp. en bistre, m.

120 — La Défaite — La Conviction. Deux p. in-fol. par G.
Marchand, faisant pendants. B. ép. m.

Shelley (d'après S.)

121 — Rosalie et Orlando ?, par C. G. Playter. Ovale in-fol.
B. ép. imp. en bistre.

Simon (J. P.)

122 — Héro pleurant Léandre. In-fol. Tr. b. ép. imp. en
couleurs, à t. m.

Smith (J. R.)

122bis — Miss Carter, 1777. Petit in-fol. Sup. ép. m.

Société des Aquafortistes français

123 — Album du *Salon de 1887*, contenant une préface de Ph. Burty, un portrait (Ch. Courtry) et 30 eaux-fortes, d'après des œuvres du Salon, par Flameng, Courtry, Lefort, Gery-Bichard, etc. Chaque planche se trouve en 3ᵉ états, sauf deux ; soit en tout quatre-vingt-neuf pl. dans le cartonnage de publication. Bel exemplaire.

124 — Album du *Salon de 1888*, préface de Du Seigneur, portrait (Edm. Hédouin) et 30 eaux-fortes par Mongin, Desbrosses. F. Desmoulin, etc. Chaque pl. se trouve en 3 états, sauf six ; soit en tout quatre-vingt-cinq pl, dans le cartonnage de publication. Bel exemplaire.

Steen (d'après Jean)

125 — L'Espiègle. In-fol., de forme ronde. Tr. b. ép. avᵗ t.l. imp. en sanguine.

Stothard (d'après T.)

126 — *Royal Beneficence*, (le roi Georges secourant des malheureux), par C. H. Hodges, 1793. In-fol Tr. b. ép. m.

Vernet (Horace)

127 — Portrait de Carle Vernet (vers 1816). Tr. b. ép. Rare.

Vignettes

128 — Frontispice et neuf figures de Moreau le jeune, pour l'Emile, de Rousseau (Edition Cazin, 1780). Suite complète. B. ép. à t. m.

129 — Frontispice et onze figures de Moreau le jeune, pour la Nouvelle Héloïse, de Rousseau (Edit. Cazin 1781). Suite complète, â t. m. le frontispice avᵗ l. l. (On y a joint 2 doubles soit 14 p.)

130 — En-têtes de Masillier, pour les Fables de Dorat, Six pièces, Tr. b. ép. tirées hors-texte.

131 — Portrait et 8 Vignettes, pour le *Vicaire de Wake-field*, par Ad. Lalauze. (Jouaust 1888). Trente-et-une épreuves en divers états, sur japon. Tr. b. ép.

132 — Les Quinze joies du Mariage, par Ad. Lalauze (Jouaust, 1887). Suite complète de 15 en-têtes et 6 culs-de-lampe. Tr. b. ép. av. l. l. sur japon.

133 — Les Filles du feu, de G. de Nerval (Jouaust), portrait et six vignettes par P. Le Rat, d'ap. E. Adan. Trente épr. en divers états, sur japon.

134 — Le Dépit amoureux, Vignette d'ap. Louis Leloir (Molière de Jouaust), par Champollion. Douze épr. en divers états.

135 — Huit Vignettes pour *Les Chouans*, de Balzac, par Em. Boilvin, d'après J. Le Blant. Vingt-quatre tr. b. ép. en divers états, sur japon.

136 — *Le Fils de Coralie*, d'Alb. Delpit, suite de 6 vignettes par R. de Los Rios. Dix-huit tr. b. ép. en divers états.

137 — Vignettes pour plusieurs ouvrages : Quatre-vingt eaux-fortes par Lalauze en plusieurs états. Tr. b. ép. sur japon.

138 — Portrait et six Vignettes pour le *Chevalier Destouches*, par Champollion, d'apr. J. Le Blant. B. ép. d'essai.

Walton (d'après H.)

139 — *The Tobacco Box*, par Verhelst. In-4. de forme ronde. Tr. b. ép. imp. en bistre, gr. m.

DESSINS

Bandinelli (Baccio)

140 — Etude d'un Prophète. A la plume.

Bellange (Jacques)

141 — Le Roy de Maroc. Dessin in-8. sur parchemin, rehaussé d'or. Signé.

Carrache (Louis)

142 — Hercule, Minerve et Mars. Beau et important dessin à la plume, lavé de bistre.

Echard (Charles)

143 — Paysan vu de dos. Au crayon noir. Signé

Ecole Allemande (XVI⁰ siècle)

144 — Paysage. Beau dessin à la plume.

Ecole Flamande (XVI⁰ siècle)

145 — Les Voyageurs attaqués dans un bois. A la plume, lavé de bistre.

146 — Un Jardin. A la plume. Au verso étude de deux figures.

Ecole de Fontainebleau

147 — Jésus et la Femme adultère. A la plume, lavé de sépia, rehaussé d'or.

Ecole Française (XVIII⁰ siècle)

148 — Guerrier triomphant. Crayon, avec rehauts de blanc.

149 — Etude de Femme nue. Beau dessin à la sanguine.

150 — Un Parc — Les Tentes. Deux dessins à la plume. lavés d'encre de chine.

Ecole Hollandaise (XVI⁰ siècle)

151 — Scène d'Intérieur. Dessin de forme ovale, à la plume, lavé d'encre de chine.

Ecole Italienne (XVI⁰ siècle)

152 — Scéne de Meurtre. A la plume sur fond rouge.

Fragonard (attribué à Honoré)

153 — Intérieur d'une Académie de dessin. Au crayon.

154 — Scène de l'Histoire ancienne. Grande composition au lavis de bistre.

Gillot (Claude)

155 — Procession d'une Corporation. A la plume et lavis.

Goltzius (Henri)

156 — Etude de deux Figures plafonnant. A la plume.

157 — Repos de la Ste Famille. A la plume, lavé de sépia.

Jonge (de)

158 — Scènes de Chasses. Deux dessins à la sanguine, dont un signé.

Krauss (J. Ulrich)

159 — Paysage. Joli dessin au lavis bleu.

Largillière (N. de)

160 — Etude pour un Portrait d'homme. Au crayon, avec rehauts de blanc, sur fond bleu.

161 — Etude de tête d'Homme, grandeur nature. Aux trois crayons.

162 — Etudes de Draperies. Au crayon, avec rehauts de blanc, sur fond bleu.

Lemoine (Jean-Baptiste)

163 — Buste de Femme. In-fol. à la sanguine.

Leyde (attribué à Lucas de)

164 — Etude d'Homme assis. A la plume.

Luycken (Jean)

165 — Scènes de Suplices. Deux dessins à la plume et lavis d'encre de chine.

Peyrotte (A.)

166 — Etudes de Figures Chinoises. Deux dessins à la plume, lavés de sépia.

Pillement (attribué à)

167 — Paysages. Deux beaux dessins à la plume, lavés d'encre de chine.

Rembrandt van Ryn

168 — Scène d'intérieur : personnage recevant des présents. A la sépia. Ancienne collection.

169 — Etude d'Homme agenouillé. Beau croquis à la plume.

170 — Croquis de Femme, tête de Vieillard. A la plume.

171 — Quatre figures de Femmes. Croquis à la plume.

Robert (Hubert)

172 — Un coin du Chateau de Versailles. A la pierre d'Italie.

Saint-Aubin (Gabriel de)

173 — L'Eglise de Sceaux, 1778. Au crayon, légèrement lavé d'encre de chine.

Zucchero (Frédéric)

174 — Portrait d'Homme. Beau dessin, crayon noir et sanguine. Collection Donadieu.

Ecole Française (XVIIe et XVIIIe siècles)

175 — Jupiter et Séda — L'Enfance d'Hercule — Sujets divers et Paysages. Douze dessins par ou attr. à Cl. Lorrain, M. Corneille, Van Loo, etc.

176 — Sujets divers — Têtes de Fantaisies — Paysages — Portrait de C. Vanloo, etc. Huit dessins attr. à H. Robert, Boucher, Huet, etc.

177 — Sujets divers — Paysages — Quinze dessins.

Ecole Française (XIXe siècle)

178 — Une victoria, par Constantin Guys — Femmes endormies, par Bracquemond — Allégorie, par J. Narlet — Croquis fait à San-Donato, par Raffet, etc. Sept dessins.

Ecole Italienne

179 — Sujets Religieux — Sujets divers — Paysages. Dix-neuf dessins attr. à divers maîtres.

Ornements

180 — Ornements divers — Meubles — Plafonds — Décoration, etc. Vingt-sept dessins anciens par divers artistes.

Divers (XVIIIe et XIXe siècles)

181 — Salle de la Comédie de Reims — Coupole, en perspective — Courtisanes anglaises, 2 dessins rehaussés d'aquarelle — Le Rêve du Prédicateur. Cinq dessins, quatre du XVIIIe siècle.

182 — Paysages — Croquis. Onze dessins attr. à Cl. Lorrain, P. Snayers, Kobell, F^{que} Millet, etc.

183 — Sujets religieux — Allégories. Quatorze dessins attr. à divers maîtres.

184 — Portrait — Têtes de fantaisies — Sujets gracieux — Fleurs, etc. Neuf dessins par divers artistes.

185 — Bouillon populaire — Asile de nuit des femmes. Deux grands dessins par P. Morel et H. Hamel — Portrait en pied d'un Officier. Trois dessins in-fol.

186 — Sous ce n° il sera vendu par lots environ 3000 dessins.

Imp. A. Charles, 26, Rue Rambuteau — Paris